F등급 영화

F등급 영화

김선향 시집

삶창

첫 시집 『여자의 정면』 이후
4년이 흘렀다.

뒤집어엎지도
다시 새로워지지도 못했다.

그러니
길을 따라 벼랑까지 걸을 수밖에.

뚜벅뚜벅
소걸음으로 가자.
저녁 어스름엔 울면서도 가자.

거울 초입에 김선향

차
례

시인의 말 • 5

제1부

스마일 마스크 증후군 • 12

싱글 맘 • 14

공평무사公平無私 • 16

국경을 넘는 여자들 • 18

누에 • 22

더 컨덕터 • 23

조JOE • 26

굴다리 여자 • 30

후남 언니 • 32

머리를 감는 동안 • 34

구멍들 • 36

바캉스 베이비 • 38

어미 거미 • 42

구체관절인형 • 44

증언의 시작 • 46

제2부

자몽 •52

회전목마 •53

수족관 •56

트렁크의 노래 •58

계수나무 남자 •60

그녀가 사는 법 •62

벽 장미 •64

짧은 머리의 자화상 •66

자전거를 타는 여자 •68

여신 쿠마리 •71

모피를 입은 남자 •74

이토록 추운 2월의 밤에

　그토록 추웠던 2월의 밤을 기억한다 •76

동행 •78

진성여왕을 위한 변명 •80

떨어진 곳에서도 들리는 말 •82

제3부

폐업 신고 하던 날 •88

적요寂寥 •91

복면을 만드는 밤 •92

어떤 밤길 •94

백남기 우리밀 •96

반도체 소녀 •98

공정거래 •100

건강원 앞 쪽화단 •101

터진목 해안에 와서 •102

겨울 아침 •104

허공에 매달린 사내 •106

나는 다 봤습니다 •109

솔롱고스 •112

블랙 슈트 •114

제4부

반려伴侶 ·120

선인장 ·121

곰보 삼촌 ·122

서둔동인지 탑동인지 ·124

나와 조랑말과 마부는 ·126

마호바 역에서 ·128

사라진 연못 ·130

귀 ·132

여름 숲 ·134

목걸이 ·136

로드무비 ·138

첫눈 ·140

세족 릴레이 ·141

바위무화과나무 ·142

해설__ 'F'라는 고유한 시의 성좌 | 최진석 ·145

제
1
부

스마일 마스크 증후군

저는 지금 계속 계속
쓸개 빠진 여자처럼 웃고 있어요
(진짜 쓸개가 없다구요)

고객들이 다 보고 있다고 생각하며 통화하세요
(네, 네)

자자자, 자면서도 웃자
악악악, 악몽을 꾸면서도 웃자
암암암, 암세포가 퍼져도 고객 앞에서는
해맑게 웃자, 아이처럼

당신은 감정 노동자야
(그럼요, 그럼요)

웃어야 커피와 라즈베리 케이크를 먹지
웃어야 선글라스를 사지

당신은 희극 배우야

(그러니 어쩌겠어요)

자자자, 자식의 숨이 넘어가도

악악악, 악천후 속에서도

욕욕욕, 욕설을 듣더라도

제 목소리는 상냥하게 웃어요

제 입술은 사근사근하게 벌어져요

아마 전 죽어가면서도 웃을 모양이에요

상괭이 입매처럼 그윽하게 말이죠

싱글 맘

주름투성이 열 개의 손가락을
부챗살처럼 펼칠 때

그녀는 여름꽃

갈퀴 같다며
아무렇지도 않다는 듯 털털하게 말할 때
그녀는 오히려 빛나지

가녀리고 나긋나긋한
고객들의 손을
슬쩍, 곁눈질도 해보지만

이내 가위를 들고 몰입하지
샴푸를 하고 염색약을 바르지

마디 굵고 거친 손에
어린 딸 셋과 그녀의 전부가 걸려 있지

아이들을 차례로 씻기고 밥을 안치고
돈을 세는 만능 손이 자신의 몸을 더듬을 때

그녀는 겨울나무

공평무사 公平無私

초원의 여자는
허벅지를 벌리고 앉아
두 팔로 감싼다

오른쪽은
아이한테

왼쪽은
야윈 새끼 양한테

젖을 물린다

새하얀 새끼 양의 이빨에 물린
왼쪽 젖꼭지엔
언제나 붉은 핏방울

왼쪽 젖가슴은 오른쪽보다
훨씬 크게 불어났다

짝짝이 젖가슴도 생채기도
아랑곳없다
초원의 여자는

어미 잃은 새끼 양의 어머니
사내아이의 어머니

국경을 넘는 여자들

이라크와 시리아의 국경지대에 있는 신자산. 이 산 밑에 있는 신자 마을은 에지디(쿠르드인이면서 에지디교를 믿는 민족종교 집단. 야지디와 예지디는 모두 외부에서 지칭하는 이름이고 본인들은 스스로를 에지디라 한다)들이 모여 살던 곳으로 여기서 2014년 8월에 아이시스의 대학살이 벌어졌다.[*]

그늘도 나무도 물도 없는 신자산
위대한 에지디의 성지여
기적을 베풀어주소서

나, 질란은 기도해요

내 동생 네르기스와 내 친구 멜렉나즈와
아직 태어나지 않은 그녀의 아기를
지켜내주소서

우리는 도주하는 여자들
야만과 폭력이 창궐하는 여길 떠나야만 해요

불볕이 쏟아지는 낮엔 자고
밤에만 걸어요
시체들이 입을 벌린 채 누워 있는
바위를 지나서

멀리서 총성이, 폭탄이 터지는 소리가 들려요

굶어 죽은 에지디 가족들을 봐요
서로에게 팔을 두른 채 둘러앉아 썩어가죠

달이 밝아 바위가 빛나는 밤
멜렉나즈의 진통이 시작되고 양수가 터져요
소릴 지를 수도 없어요

나는 돌로 탯줄을 자르고
검은 부르카를 찢어 아기를 돌돌 감아요
아버지가 누군지도 모르는

우리 세 여자의 아기

네르기스가 사라졌어요
신자산 협곡에서 스스로 몸을 던진 소녀
온통 피에 젖은 그녀가 마지막으로 말해요

한때는, 나도 사람이었어, 언니

자궁이 갈가리 찢길 때까지
아이시스 대원들에게 능욕당한 여자들
담배 한 갑을 받고 팔아넘기는 사용된 여자들

밤마다 동물들은 코를 벌름거리며
사체를 찾아 나서고
그녀를 지키려 돌무덤을 만들어요

아기 다음엔 내가 젖을 빨죠
손을 오므러서 컵을 만들어

젖을 받아 도로 엄마에게 먹여요
눈먼 아기가 두 여자를 살려요

한때는, 나도 사람이었어, 언니
너를 신자의 품에 맡겨두고
숨 가쁘게 산을 건너면
로자바를 지나 터키 국경에 닿을 수 있을까

* O. Z. 리반엘리, 『불안』(고영범 옮김, 가쎄, 2018)에서.

누에

새벽
변두리 공중목욕탕
어스름
한가운데
플라스틱 바가지를 베고
바닥에 모로 드러누운
누에 한 마리

굽은 마디들
듬성한 백발
노역에 닳은 몸은
자루 같은 가죽만 남아
마지막 뽕잎을 갉아 먹고
영원히 잠들었네

환기통으로 날아오르는
새하얀 나방

더 컨덕터[*]
—F등급 영화 1

안토니아 브리코(1902~1989)는 네덜란드 출신의 미국 여성 지휘자로 28세 때 베를린필하모닉관현악단 지휘자로 데뷔했으며 1934년에는 여성 음악가들로만 구성된 뉴욕 여성 교향악단을 창단했다. 그녀는 평생을 음악에 바쳤고 유명 교향악단의 객원 지휘자로 활약했다. 그럼에도 상임 수석 지휘자는 된 적이 없다.

네까짓 게 감히 지휘자가 되겠다고?
어머니가 막아도 난 지휘자가 될 거예요

시집가서 애나 낳아
결혼 대신 음악을 선택했어요

여자는 못 해, 이끌 수가 없어
여자도 남자만큼 할 수 있어요

당신들이 아무리 뜯어말려도, 내 피아노가 산산조각 나도, 멈추지 않아요, 내 꿈을 향해 나는 내달려요

베를린의 차디찬 밤, 잠잘 때도 부서진 피아노 조각
움켜쥐고, 굶주린들 어떠리, 두려운 건 포기일 뿐

나 안토니아 브리코는 몸부림친다
10g 지휘봉에 몸을 맡기고 100명의 연주자들 앞에서
춤을 춘다

때로는 강하게
때로는 부드럽게

나의 연주로 리듬을 탄다 메마른 땅에 물길을 낸다 세
상에 숨결을 불어넣는다

나에게
시는 F등급 영화

내 눈에 비친
이 보랏빛 세상!

* 마리아 피터스 감독의 영화. 2018년 작.

조^{JOE}*

—F등급 영화 2

1

너는 검은 봉오리를 지닌 물푸레나무
숲에서 가장 아름다운 나무

다른 나무들은 모두 너를 질투했지
겨울이 오고 찬란했던 잎들이 다 떨어지자
너를 비웃었어

저것 봐, 손가락에 까만 재가 묻었어!
까르륵

하지만 넌 누구와도 다른 나무
검은 봉오리를 지닌 물푸레나무
이 세상에 하나뿐인

두 살 때 이미
너의 성기에 대한 센세이션을 발견했지

2

난 세상의 금기와 위선에
꿋꿋이 맞설 거예요
언덕 위의 굽은 나무처럼

난 나의 색정증色情症마저 사랑해요

3

조, 고민하지 마
어디서부터
네 파란만장한 섹스 경험담을 털어놓을지
어차피 누구에게도 이해받지 못할 테니까

네 인생 최초의 친구라 믿었던 샐리그먼을 봐
팬티를 내린 채 고작 내뱉은 말이라니

수천 명의 남자와 잤잖아!

탕탕탕
네가 그에게 총을 쏜 이유를
그는 죽었다 깨어나도 모를 테지

4

캄캄한 텅빈 공간
그 혼돈混沌 속에서 들리는
너의 고통스러운 외마디

나
　　　　의

모
든

구

멍
을

채
워
줘**

* 라스 폰 트리에 감독의 영화 〈님포매니악 볼륨 I〉의 여주인공.

** 〈님포매니악 볼륨 I〉 스페셜 포스터에서.

굴다리 여자

삼복더위에 그 여자
호랑이 무늬 담요로
바삭한 몸을 둘둘 말고
꾸벅 졸고 있네

어디서 흘러왔을까

굴다리 위로
기차가 덜컹덜컹 지나가면

벌떡 일어나
알아들을 수 없는 소릴 질러대며
우는 여자

소주를 마시고 얼근해지면
그 여자 서둘러 선로 위로 올라서네

둥구나무 그림자처럼 기울어지네

산밤처럼 줄어드네
지렁이처럼 납작해지네

더러운 호랑이 무늬 담요만
우두커니 남아 있네

후남 언니

견디다 견딜 수는 없어
하루에 다섯 대까지 아편을 맞았다지

일본 군인들이 자신의 몸을 짓밟든 말든
자신의 영혼을 갈가리 찢든 말든
말문이 닫힌, 병든 검은 새는 아편만 찾았다지

쓸모가 없어진 그녀를 일본 군인들은
만주 벌판에 내다 버렸다지

낮밤으로 들리던 그녀의 울음은
까마귀 울음과 닮았다지

풀이 보리 순처럼 피어오르는 고향의 들판을
엄마가 지어준 검은 뉴똥 치마 입은 소녀를
죽어가는 그녀는 떠올렸다지

철조망 너머 까마귀가 날아와 그녀를 파먹었다지

한겨울 만주 벌판의 밤
몇 조각 뼈만 빛났다지

돌아오지 못한 여자를
모질게 살아 돌아온 여자가 기억한다지

머리를 감는 동안

당신은 머리를 적시며
물의 온도가 어떤지 묻는다

삼단처럼 탐스러운 머리카락들
풍만하고 부드러운 거품들

당신의 긴 손가락들이 한꺼번에
머리카락 사이로 밀려온다

두피를 문지르며 당신은
밤이 오면 용접공이 된다고 속삭인다

나는 눈을 감고
일렁이는 푸른 불꽃을 더듬는다

낮이나 밤이나 당신은
아름다움을 만들어내는군요

당신 손등의 어렴풋한 흉터가
선명하게 떠오른다

아담한 두상을
당신의 두툼한 손바닥이 꽉 껴안는다

뜨거운 숨결이 훅 불어오고
나는 푸른 불꽃 속으로 들어간다

구멍들

공중화장실에 들어서기 무섭게
두리번거린다

문과 양쪽 칸막이벽과 천장
심지어 바닥까지 살펴야 한다

용의주도하게
탐정처럼

찾 았 다
수 상 한
구 멍 들

청바지 지퍼를 내리기 전에
저 구멍들을 막아야 한다

내 몸을 훔쳐보는 눈동자를
차단해야 한다

오줌보가 터질 것 같아도
이를 악물고 참아야 한다

턱을 괴고 누워
내 몸을 엿보는 자들아

엿 먹어라

핸드백에서 실리콘을 꺼내
구멍을 메우기 시작한다

그리하고도 불안은 지속된다
오 줌 발 은 자 꾸 끊 긴 다

바캉스 베이비

태교에 좋다는 릴케를 읽습니다
주여 때가 왔습니다
여름은 참으로 위대했습니다

가을이 오자마자 처녀들은
문턱이 닳도록 산부인과에 드나든다지요

바캉스 베이비

나라고 뭐가 다르겠어요
정자 제공자는 곁에 없습니다

아아 해변의 한여름 밤 격정을
싸그리 지우겠습니다

산부인과의사들은
엿새째 인공 임신중절수술을
거부 중입니다

불법 사이트에 들어가
임신중단약 미프진을 사 먹고
나는 안도합니다

간만에 밤새 술을 퍼마시고
맘보도 추었답니다

이게 뭐지?

변기를 껴안고 구토하자마자
복숭아가 먹고 싶어졌습니다

쓰디쓴 공포의 밤이 지나가면
태아는 한 뼘씩 자라납니다

가을이잖아요

무럭무럭 잘도 자라는구나 너는
잘 여문 옥수수처럼

감쪽같이 속았다구요!

세상에 백 프로 완벽한 건 없습니다
친절한 의사가 말해주더군요

난 참으로 위대했던 여름을
잘게 자르고 부숩니다, 비스킷처럼

가루약처럼 빻아
입에 훌훌 털어 넣고 꿀꺽합니다

우린 가을장마에 쓸려 어디론가 둥둥
멀리멀리 둥둥 떠내려갈 것입니다

태교에 좋다는 릴케를 읽습니다

그리고 잎이 진 가로수 길을

불안스레 이리저리 헤맬 것입니다

어미 거미

거미는 눈 딱 감고
허공을 향해
가느다란 발을
불쑥 내민다

거미줄이 휘청거린다

간신히 떼놓고 온 새끼들은
오그리고 잠들었을까

고개를 가로저으며
독하게 외면해보지만

거미는 허공 속 발을
가까스로
거두어들인다

울음을 삼키고

먹잇감이 걸려들기를 기다린다

구체관절인형

아이가 운다
사금파리처럼

텔레비전 빛이 새어 나오는
어두운 방에서 홀로

친구들은 다 갖고 있는
구체관절인형이 자기만 없다고 운다

야, 이년아 그 돈이면 쌀이 반 가마여
어디서 인형 타령이여

구체인지, 관절인지
그게 다 무슨 귀신 씻나락 까먹는 소리여
애비는 공사판에서 죽을 똥 살 똥인디

욕이란 걸 짐작하겠지
한국어를 잘 모른다고는 해도

노모는 베트남에서 온 손녀가 야속하다
어쩔 수 없이 입양한 손녀

손가락을 다친 아들 생각에
식전 댓바람부터

노모도 운다
묽은 죽처럼

증언의 시작

전쟁이 어떻게 끝날지언정 너희와 전쟁에서 이긴 것은 우리다. 너희들 중 누구도 살아남아 증언하지 못할 것이다. 하지만 설령 누군가 살아남게 될지라도 세상이 그의 말을 믿지 않을 것이다. 아마도 의심과 토론, 역사가들의 조사가 있을 것이지만 확실한 증거는 아무것도 없을 것이다. 왜냐하면 우리는 너희들과 함께 증거들도 죄다 없애버릴 것이기 때문이다. 그리고 설령 몇 가지 증거들이 남고 또 너희들 중 일부가 살아남는다 해도 사람들은 너희가 묘사하는 사건들이 너무나도 무시무시해서 믿어지지 않는다고 말할 것이다. (…) 수용소의 역사가 어떻게 쓰일지를 정하는 것은 우리가 될 것이다. (Levi, 1989:11~12)*

할 수만 있다면 끝까지 숨기고 싶었다
아니지
드러날까 전전긍긍하는 마음 부숴버리고도 싶었다
아니지
죽을 때까지 침묵하고 싶었다
아니지, 아니지

1991년 8월 14일

가까스로 말을 하고, 그리고 죽고 싶다

나는 김학순**이오

강제로 끌려간 20만 명 조선 여성들 중에

2만 명만이 돌아왔소, 그중 한 명이오

일본군 '위안부' 피해자요,

나만 살아 돌아왔다는 죄책감으로 악몽에 시달리오

내 육체는 너희들 마음대로 함부로 들락거렸으나

내 정신은 내 기억은 오로지 내 것!

누구도 훼손할 수는 없다

그동안 너희는 안심하고 방심했을 것

그러나 나는 내 몸에 새겨진 흔적들

또렷이 기억하고 증언한다

누구도 막을 수는 없다

나를 이어 여자들의 증언이 시작될 것이다
잔물결은 이내 풍랑이 될 것이다
불씨는 곧 횃불이 될 것이다

저고리를 열고 보여주마
세로로 길게 남은 흉터를
배를 가르고 핏덩이를 꺼내 내동댕이친
너희들 야만의 흔적을

세상은 이제 발가벗은 내 몸을 다 보았다

동네 사람들과 친척들의 손가락질
이중의 수모를 한 줌의 존엄으로 견디며

어떻게 미치지도 않고 살아왔을까
왜 하필 나였나
왜 하필 우리였나

오랜 원망을 거두고 그 자리에 자두 씨를 심는다

나는 혈흔 묻은 넝마
투쟁하리라, 사랑의 투쟁을

나는 조약돌
밤새 파도에 떠밀려 진실의 해안에 가 닿을

* 조르조 아감벤, 『아우슈비츠의 남은 자들』(정문영 옮김, 새물결, 2012)에서.

** 김학순(1924~1997). 중국 길림성 출생. 북경에서 일본군 '위안부' 피해자 생활.

제
2
부

자몽

안개는 도시를 점령했고 야간열차는 세 시간째 오지
않는다 굶주림과 갈증에 시달릴 때 히잡을 쓴 여인이 탐
스러운 과일을 건넨다 난 아무것도 줄 게 없어 머뭇거린
다 이미 내 손가락은 자몽에 닿았다 상관없다고 이슬람
여인의 눈빛이 속삭인다

여행의 끝자락에 만난 너는 오아시스 아니 지옥에서
마주친 천사 바스러질 것만 같은 나는 우선 너의 배꼽에
긴 입맞춤을 한 다음 너의 벨벳 외투를 사정없이 벗기지
보드랍고 발그레한 살결을 이빨로 깨물지 힘껏 빨아들
이며 주문을 외우지 터져라, 터져라, 터져라, 내 입속에
서! 흘러내린 즙으로 내 손바닥은 흥건해지지 자꾸 미끄
러지는 널 헛바닥으로 싹싹 훔치지 일렁거리는 나는 몽
롱해지지, 아득해지지

너를 먹고서야 내 몸은 싱싱해진다 집으로 가는 발길
을 돌려 낯선 남자를 따라가야 할까 선악과처럼 위험한
그와 함께 백일몽처럼 사라져야 할까

회전목마

나를 목마 위에 앉힌 엄마는
내 무른 이마에 입을 맞추었네
붉은 루주 바른 입술을 내 귀에 대고 속삭였네

아이스크림 사 올게
엄마, 부라보콘

내 귓불에 닿은 엄마의 입김은 달콤했네

목마는 스르르, 리듬을 탔네

멀어져가는 엄마의 꽃무늬 스커트가 언뜻 펄럭였네
엄마는 꼭 영화배우 같아, 이름이 뭐더라

엄마, 오줌

목마는 돌고 돌고 돌고
엄마는 없고 없고 없고

내 목소린 쪼그라들어 그만 배꼽이 되었네

회전목마는 언제쯤 멈추는 걸까
엄마는 날 깜박 잊은 거야

뜨듯한 오줌이 흘러 내 정강이를 적셨네
젖은 팬티는 엉덩이에 들러붙었네, 쳇

이젠 내 마음이 바뀌었네
아무렴, 난 편리한 변덕쟁이

이것은 내 운명 아무렇지도 않아
회전목마여, 영원히 회전하라!
주문을 걸지

엉거주춤한 자세로 목마를 부둥켜안은 채
난 자라지 않을 일곱 살 사시斜視 소년

싸락눈이 내리기 시작하네

수족관

 오늘도 그녀는 졸랐어. 생일 선물로 수족관을 갖고 싶
다고. 폐업한 '바다횟집' 수족관을 눈독 들이고 있지. 누
가 볼까 봐 두리번거려. 벌거벗은 몸으로 수족관에 들어
가 모로 누우면 뚜껑을 덮고 밀봉해달라고 주문하더군,
그녀도 참. 검은 개가 와서 컹컹거리거나 고양이가 날름
올라앉아 핥아대도 시체처럼 얌전히 있을 거라나, 그녀
도 참. 연분홍 벚꽃이 수족관 위로 알싸하게 떨어지는
날, 수족관을 공원묘지에 맡겨달라고 하더군. 어젯밤 수
면제를 먹고 곯아떨어져서 그녀의 일기장을 훔쳐봤어.

 오늘은 오빠의 기일. 오빠는 왜 하필 내 생일에 몰매
를 맞아 죽은 걸까. 기다리다 지쳐 촛불을 켜려던 순간
에 왜 오빠는 피투성이가 된 걸까. 로데오거리 죽어가던
오빠 옆에서 킬킬거렸던 놈들이 출소하면 모조리 찾아
내 다 죽이고 싶다. 나는 운이 개떡처럼 없다. 생일 케이
크를 뭉개버렸다. 하필 엄마가 내 비밀을 눈치챈 것 같
다, 젠장. 아무러나.

오늘도 수족관 앞이다. 종일 공허하게 바라본다. 나른한 봄볕 아래 그녀는 자꾸 운다. 주인도 따로 없는데 슬쩍 끌고 오면 쇠고랑을 찰까. 기어이 그녀는 오빠의 기일에 옥상으로 올라갔다. 생일 케이크의 촛불이 하염없이 타들어갈 때 베란다 사이로 휘황한 그림자 하나가 획 지나쳤다.

오늘은 오빠의 기일. 오늘은 내 생일. 오늘은 내 기일. 오늘은 오빠와 내 생일. 오늘은 오빠와 내 기일. 돌림노래처럼 반복되지. 얼마나 완벽한 세상이야. 얼마나 놀라운 세상이야. 오늘은 오빠의 기일. 오늘은 내 생일. 우린 5분 간격으로 태어난 이란성쌍둥이. 얼마나 놀라운 세상이야. 얼마나 완벽한 세상이야.

트렁크의 노래

집 밖으로 나가
리듬을 타고 싶어

기차역이나 터미널
국제공항이라면 훨씬 좋겠지

바퀴가 네 개라면
소리 없이 무료하겠지만

내 바퀴는 두 개뿐
고물 트렁크라네
마법 구두를 신고 랄랄라

폭우와 눈보라를 만나도
드르륵드르륵 랄랄라

눈을 찌르는 태양 아래서도
드르륵드르륵 랄랄라

항공사의 실수로
헬싱키 공항에 버려진다면
얼마나 근사할까

눈을 감고 두 팔 벌리고 걷다가
도랑에 빠졌던 소녀처럼
얼마나 짜릿할까

기다리는 애인 생각일랑
에메랄드빛 호수에 풍덩 던져버리고

어디까지나 달려가서
언제까지나 리듬을 타네
드르륵드르륵 랄랄라

계수나무 남자

가쓰라코, 가쓰라코*
나무의 남자가
나를 애타게 불러요

그 남자의 잎에선
캐러멜 향기가 나요

처음 맡아보는 그 향기에
나는 벌써 정신을 잃어요

키는 또 얼마나 큰지요
삼십 미터도 넘는다니까요

홋카이도에서 규슈까지
드넓은 곳마다 나를 기다려요

나는 달려가
그 남자를 껴안고 불타올라요

나는 불이거든요

우리는 재도 남기지 않고
끝까지 완벽하게 타올라

사라져요
이 세상에 없었던 것처럼

그러곤 매번 환생하지요

* 고이케 마사요의 『조금은 덜 외로운』(한성례 옮김, 걷는사람, 2018)의 주인공.

그녀가 사는 법

피아노를 치지 않은 지 아주 오래

입을 꽉 다물고 있는
거대한 악어 한 마리

방을 독차지한 그랜드피아노

그녀는 싱크대 앞에 요를 깔고
모로 눕는다

애인의 뺨을 어루만지듯
피아노를 보며 어렴풋이 웃는다

그녀가 유일하게 웃는 때

피붙이 대신 피아노
고양이 대신 피아노

피아노는 그녀의 마지막 허영

끼니를 거르더라도 내다 팔 수는 없지
손가락을 빨면 그뿐

피가 마르고 뼈가 녹아도
피아노는 안식
피아노는 구원

그녀를 피아노에 묶어
난바다로 떠밀어달라는 유언을 남기고
그녀는 곧 눈을 감겠지

벽 장미

수원역 옆구리 고등동
청소년출입금지구역 초입
벽에 그려진 장미 한 송이

빳빳한 오만 원권 지폐를 쥐고
서성거리던 사내가 그리기 시작했을까

돈 대신 장미를 찾아
이 골목을 벗어나고픈
광대뼈 불거진 그녀가 그리다 말았을까

손님이 뜸한 장마철

잎사귀도 가시도 없는 벽 장미는
헤실헤실 웃고 있네
주르륵 피눈물을 흘리네

애초에 글러먹은 칠삭둥이처럼

일찌감치 끝장난 폐인처럼

피다 만 장미
그렇다고 지지도 못하는 붉은,

집 잃은 검은 개
황홀한 향기를 맡으려는지
연신 담벼락을 킁킁거리네

짧은 머리의 자화상[*]

가위를 들고 스스로 머릴 자른다. 바닥에 떨어져 꿈틀
거리는 긴 머리카락들. 진홍빛 테우아나를 벗어 던지고
남성용 슈트를 입는다.

*보세요! 내가 당신을 사랑했다면, 그건 당신의 머리카
락 때문이죠. 지금 당신은 대머리가 되었어요. 나는 더
이상 당신을 사랑하지 않아요.*

그림 맨 위에 멕시코 유행가를 옮겨 적는다. 디에고가
사랑했던 프리다는 죽는다. 나는 다시 태어난다.

*어머니, 나는 죽지 않았어요. 그리고 나는 살아야 할
이유가 있어요, 그건 바로 그림이죠.*

어머니가 병원 천장에 달아준 거울을 보면서 거울 속
의 나를 그린다. 발가락이 썩어 들어가는 회저병懷疽病쯤
이야.

발, 왜 네가 필요해? 날 수 있는 날개가 있는데.

오른발을 절단한다. 나는 아픈 것이 아니라 부서진 거지. 그림 속의 눈물이 마를 때까지만 운다. 디에고의 그늘에서 벗어나겠어. 프리다는 프리다로서만 존재하니까.

• 프리다 칼로가 이혼 직후인 1940년에 그린 작품.

자전거를 타는 여자

10kg이나 되는 옷을 입고
집 안에 죄수처럼 갇혀 있던 여자는

거추장스러운 후프 스커트와 드레스를 벗어 던진다
블루머*를 입고 뛰쳐나온다
부모와 남편의 감시를 벗어나

자전거를 탄다

1880년대 초반
런던의 부랑자들조차 경찰들마저
자전거를 타는 여자를 조롱했다

집에나 처박혀 있어, 이 나쁜 년들
네 남편에게나 돌아가
블루머를 입으면 남녀 구별을 할 수가 없잖아
남성적 권위에 도전하는 옷이야
질서를 어지럽히는 폭주족 년들

흥, 누구도 우릴 가둘 수는 없어!
누구도 우릴 멈출 수는 없어!
욕설과 돌팔매질과 폭행을 당하더라도

우린 자전거를 타고 어디든 갈 수 있어!

1868년 보르도에서 최초의 여성 자전거 대회가 열렸다
1888년 해리엇 밀스 부인이 미국 최초의 자전거 클럽
을 만들었다
1896년 파리엔 5천 명의 여성 라이더들이 있었다

자전거를 앞세우고 여성 대회에 나온
프랜시스 윌러드**는 외쳤어

자전거야말로 여성해방의 도구입니다

페달을 밟자, 쌩쌩

페달을 밟자, 더 멀리, 더 빨리

모험을 감행하자, 자유를 얻을 때까지

바람을 일으키며 질주하자, 세상 끝까지

* 1849년 뉴욕의 어밀리아 블루머 여사가 고안한 무릎길이의 헐렁한 여성용 바지.
** 미국의 여성 참정권 운동가(1839~1898).

여신 쿠마리

네팔에는 아직도 살아 있는 여신이 있다지
쿠, 마, 리,

혈통과 가계가 온전한 집안의 어린아이는
수십 가지 조건을 통과해야 한다네
마지막으로 성스러움이 있느냐를 따진다지

겨우 네 살의 나이로 여신으로 받들어진
너는 이제 여덟 살

부모와도 떨어져 쿠마리관館에 갇혀
유폐된 삶을 강요받는다
학교도 친구도 모른 채 살아간다

10루피를 지불하고 1분 남짓 너를 본다

화염처럼 붉은 옷을 입은 쿠마리여
불의 신 아그니처럼 이마에 불의 눈을 그린 너는

슬픔도 기쁨도 노여움도 모르는
무표정한 얼굴이 되었구나
아흔 살 노파처럼

어쩜 넌 간파했을지도 몰라
초경이 시작되면 곧장 버림받을 네 비참한 운명을

넌 벨리강 건너로 내던져질 거야
추방당한 쿠마리 따위 누구도 거두지 않는단다
북인도 지방을 유령처럼 떠돌다가 창녀로 전락한다
더라

쿠마리와 결혼하면 재수가 없고 불행해진다는 미신
때문에
남자들은 하나같이 도망친다지

너는 떠돈다 넝마를 두른 채
죽지도 못하고 살지도 못하는 너

여신과 창녀 사이에 쿠마리가 있다

모피를 입은 남자[*]

남자는 손가락질당하지 않는다
설령 그가 모피를 입었더라도

모피를 입은 여자처럼
사치스럽다는 비난도
음탕하다는 질책도 받을 리 없다

모피를 두른 남자를 보라,
늙은 남자의 피부는
복숭앗빛보다도 더 탐스럽다

윤이 차르르 흐르는 모피를 걸치고
흐트러지지 않는 당당한 자태를
꼿꼿이 유지하는 품위를

보라, 눈이 달려 있거든

모피를 입은 남자의 권력 앞에

머리를 조아리는 자들을

모피를 입은 여자는
천박하다는 음란하다는
구설에 시달린다

여자는 모피를 벗어 던지고 알몸이 된다
그래봐야 낙인을 지울 수는 없다
요지부동의 시선은 변함없다 영원하다

* 베첼리오 티치아노의 〈자화상〉(1560년경)에서.

이토록 추운 2월의 밤에
그토록 추웠던 2월의 밤을 기억한다

혹한의 나날들 위로
가면을 쓴 구름들이 떼로 지나가고
약속 장소에 오지 않는 너를 찾아간다

실비아, 그만 일어나!
두 아이는 어디에 있니?

공허한 눈동자
비워지는 육체

나는 주저앉는다
꼭 다문 네 입술을 열고 손가락을 넣어봐도
비명 한 가닥 꺼낼 수가 없다

상처 하나 없는 네 젊은 육체는
이건 그저 악몽일 뿐이라고 말하지
숨이 붙어 있을 것만 같은 너를 끌어안고
나는 중얼거린다

기나긴 겨울이 가까스로 끝나가려 하는데
너는 스스로 동면 속으로 숨어버리는군

실비아, 깨어나서 네 노래를 불러줘
아빠, 아빠, 이 개자식, 나는 다 끝났어.*

* 실비아 플라스, 『실비아 플라스 시 전집』(박주영 옮김, 마음산책, 2013)에서.

동행

제주 앞바다엔
남방큰돌고래와 해녀가 산다

돌고래는 뱃전에서 재주를 부린다
배와 경주를 벌이듯

산호밭에서 군무를 펼치는 돌고래들
주걱치는 놀라 달아나고

소라를 줍던 해녀는 숨이 차서
물 밖으로 올라 참았던 숨을 내쉬고

돌고래도 숨을 내뿜는
뜨거운 호흡

뭍에선 야속하도록 통증이 심한데
물속에선 허리도 다리도 안 아프다는 해녀의

숨비 소리

갑자기 멸치 떼들이 나타나
다른 생명을 불러들인다

방어가 튀어 오르면
덩달아 돌고래도 튀어 오른다
해녀까지도 튀어 오른다

진성여왕을 위한 변명

경문왕과 문의왕후의 딸
너는 숨 막히는 아름다움이다

음란과 방탕, 신라 멸망의 원흉이란
너에게 찍힌 낙인을 지운다

오라버니 정강왕의 유언으로 너를 기억한다

> 만曼은 총명하고 민첩하여
> 골상骨相이 장부와 같으니
> 옛날 선덕여왕과 진덕여왕처럼
> 그녀를 왕으로 받들라

즉위 1년 만에 숙부이자 애인인 위홍이 죽자
너는 큰 슬픔 속에서 헤어나지 못해
밤이나 낮이나 남자들에 탐닉한다

이미 신라는 바람 앞의 등불

서라벌에 흉년이 들고 해가 뜨지 않는다

　근년에 백성이 굶주리고 도적이 일어나는데
　이는 내가 덕이 없는 까닭이다
　이제 숨어 있는 어진 자 요(嶢)에게 왕위를 물려주노라

너는 비단옷을 버리고 탐스러운 머릴 자른다
여왕이 아닌 여자가 되어
홀연히 순례를 떠난 너는

그해 겨울 영원히 세상을 버린다
너는 그제서야 본래의 너로 돌아간다

떨어진 곳에서도 들리는 말

— 故 안점순 할머니 49재 조시

*

점순아, 점순아
더 이상 보이지 않는구나
울부짖으며 쫓아갔지만

너를 태운 트럭은 순식간에
복사골을 빠져나가는구나
바람결에 날리는 저 분홍 꽃잎처럼

이제 울 수도 없구나
네가 떠난 지 사흘인지 나흘인지
알 수도 없구나
애만 타는구나

새벽에 일어나 정화수 떠놓고
빌고 또 빌고

이제나 오려나
저제나 오려나

점순아, 점순아
애타게 부르는 이름

살아만 있으라
어디서든
고향에 돌아오지 못해도 좋으니

**

어머니, 어머니

저를 가축처럼 싣고 기차는
평양을 지나 베이징, 톈진을 거쳐
내몽골에 닿았어요

고향처럼 산도 없고
사방에 모래만 있어요

일본 군인들뿐이에요

4년이 흘렀다니 믿기지 않아요
열네 살 소녀는 이제 어디에도 없어요

저는 날마다 조금씩 죽어가지만
마지막으로 본 어머니 얼굴을 떠올리면
저는 날마다 조금씩 되살아나요

오늘은 음력 초사흘
어머니는 팥시루떡을 쪄놓고
고사를 지내시네요

멀리 떨어진 곳에서도 들리는 말이 있어요

점순아, 점순아
어떻게든
살아만 있으라
우리 애기 보기 전엔 나 못 죽는다

어머니, 어머니
애타게 부르는 이름

고향에 복숭아꽃이 필 땐
이 생지옥을 벗어나겠어요

그러니 기다려주세요
그러니 울지 마세요

제
3
부

폐업 신고 하던 날

수원세무서 앞
일찍 떨어진 은행잎들이 갈피를 못 잡고

폐업 사유를 묻고 무실적이라 답하고
업무는 싱겁게 끝나고

하루에도 얼마나 많은 가게가
문을 닫고 개업을 하고
다시 망해 나가떨어지는가

나도 예외는 아니다

작정한 것도 아닌데 내 발길은
하노이에서 온 도티화이네 쌀국숫집에 닿았다
한중일 안마소로 간판이 바뀌었다

마침 안마를 받고 나오던 늙은 남자의
상기된 눈과 마주쳤다

쌀국숫집 대신
한중일 안마소는 문전성시를 이루는 걸까

비가 내려 공치는 날이면
진종일 고향의 음식으로
이를테면 부화 직전의 삶은 달걀을 안주 삼아
향수를 달래던 이주노동자들

그들
토란잎 같은 미소가 생생하다

그때 술 한잔 받을 것을
그 선의를 왜 마다했을까

폐업 신고를 하고
사라진 쌀국숫집 처마에 서서

발치에 밀려온 은행잎을
오래도록 헤아린다

토란잎 같은 그 미소를 떠올리자
나는 그 큰 잎에 구르는 빗방울이 된다

적요(寂寥)

독산동 우시장 28호
소 머리통을 매만지는 여인의
골똘한 눈동자
능수능란한 손놀림

복면을 만드는 밤

육 년 만인지 몇 년 만인지 대한민국에 또 '복면착용금지법'이란 이상야릇한 금지령이 내려졌다 하오. 해서 오늘 밤엔 내 근사한 복면을 만들어야겠소. 3차 집회는 12월 19일, 며칠 남지 않았소. 서둘러야 하오. 우린 각자의 비밀스러운 방에서 복면을 만들 거요, 폭도로 몰아세우는 독재자 몰래. 그 복면을 쓰고 칼바람이 부는 허허벌판 광화문광장에 퍼붓는 눈과 함께 모일 테요, 상상만으로도 짜릿해지니 어쩌면 좋소, 흐흐. 가만, 내 이럴 때가 아니지. 구상을 좀 해야겠소. 미간이 이어진 눈썹을 새까맣게 그리고 프리다 칼로의 트레이드마크인 콧수염에 공을 들여보오. 아니오. 아니오. 프리다 칼로보단 저항의 상징인 가이 포크스 가면이면 끝장이 날 듯하오. 복면 권하는 사회가 즐거움을 다 주는구려, 흐흐흐. 묘한 미소를 머금은 분홍빛 뺨 위로 뾰족하고 긴 턱수염을 완성하니 그 턱수염은 또 꼬리를 치켜들고 난 또 흥분이 되는구려, 흐흐흐흐. 독재자의 '복면착용금지법'을 조롱할 생각을 하니 은근한 기쁨이 샘솟는구려. 우리한테 쏘아대는 물대포에 맞서 난장으로 변한 그 광장에서 우린 복면을 쓰고 다 함께 춤을 추겠소, 흐흐흐흐흐.

어떤 밤길

오늘 밤 안으로 국경을 넘어야 한다

퍼붓는 비는 야속하고
어린 아들은 칭얼댄다

얘야, 조금만 참자
달래기도 전에
등에 업힌 아이가 조용하다

잠든 거겠지?
그냥 잠이 든 거다

나쁜 생각은 하지 말자
나쁜 생각 따위 하지 말아야 한다

새도 꽃도 빵도
아무것도 없는 국경 근처

신발은 자꾸 진흙 속으로 빠져든다
오늘 밤이 고비다

하루만 더 버티게 해달라며
어금니를 깨무는 밤

아침은 언제 밝아오는 걸까
오늘 밤 안으로 국경을 넘어야 산다

백남기* 우리밀

경찰이 쏜 직사 물대포에 쓰러진 그는
이틀 전에 직접 그의 손으로 밀을 파종했다

2015년 11월 14일
나는 지척에서 보았다
물보라 속에서 그가 일어나지 못하는 것을

그가 숨을 놓지 못하고 사경을 헤맬 때
나는 북해도北海道 대설산大雪山으로 떠났다
검은 숲 어린 사슴의 눈망울 속에서
언뜻 그를 보았다

고립을 자처한 산중의 밤들
눈이 점점 공포로 변하고 지붕 위에 쌓인 눈덩이가
천둥 같은 소릴 내며 쏟아질 때마다
깊은 어둠 속에서 흰 자작나무가 번뜩일 때마다
그의 생사만이 궁금했다

귀국길에서야 들었다
317일 혼수상태에 빠져 있던 그가 마침내 떠났다는
전언을

소출이 적었다
주인 없이 홀로 자란 야윈 밀알들은
살아남은 자들이 거두었다

이 세상에 와서 그가 마지막으로 파종한 밀이 남겨졌다
그러니까 그는 죽어서 '백남기 우리밀'이 되었다
그러니까 그는 내년에 또 파종될 것이다

온전한 그의 육신인 밀가루를 반죽해
펄펄 끓는 장국에 떼어 넣는다
추적추적 비 내리는 저녁
그는 굶주린 자들의 입에 들어가 허기를 채워준다

* 대한민국의 농부, 인권운동가(1947년 10월 8일~2016년 9월 25일).

반도체 소녀

기흥 삼성반도체 공장에서 일하다가 급성백혈병 진단을 받은 황유미는 2007년 3월 6일, 아빠가 모는 택시 뒷좌석에서 숨을 거뒀다. 아빠 황상기 씨는 시민단체 등과 함께 '반올림'을 만들어 삼성에서 산재로 사망한 이들 80명의 사례를 모았다. 이들은 삼성 사옥 앞에서 1023일간 천막 농성을 했다. 2018년 11월, 황유미가 사망한 지 11년 만에 피해자 전원이 삼성 측의 사과와 보상을 받아냈다.

친구들은 교복을 입는다
나는 방진복을 입는다

친구들은 입술에 진홍빛 틴트를 바른다
내 몸엔 붉은 반점이 번진다

친구들은 팝콘을 들고 극장으로 숨는다
나는 장갑을 두 개나 끼고 클린룸으로 들어간다

친구들은 자몽을 맛본다

자몽은 어떤 맛일까, 상상해본다 나는

친구들은 용돈을 받는다
나는 수당을 받는다

친구들은 생일파티를 한다
나는 빠진 머리카락을 쥐고 밤을 새운다

친구들은 학교에서 매를 맞는다
나는 병실에서 주사를 맞는다

나는 조금씩 사라진다
친구는 옥상에 올라가 투신한다

우린 머지않아 천국에서 만났다

공정거래

베트남 처녀와 결혼하세요.

처녀가 아니면 100% 환불해드립니다.

—○○국제결혼

건강원 앞 쪽화단

흑염소 달이는 냄새가
종일 진동하더니

저녁에 흰 작약이 피었다

밤새 소쩍새가 울었다

터진목 해안*에 와서

이미 오래전에 와야 했던 곳에
이제 겨우 당도했습니다

하물며 술에 취해 비틀거리며
칠흑 속을 더듬거립니다
밤바다는 저렇듯 한량없습니다

무자년 사월에
아버지와 할아버지와 삼촌의
고모의 시신을 찾으러
밤길을 내달렸던 여덟 살 소년

모래밭에서 태어나
옆으로 옆으로만
포복하듯 뻗어나가는

순비기나무의 끈질긴 목숨처럼
그는 기어이 살아냈습니다

여섯 번 강산이 바뀌고서야
남은 자의 분노와 원한
슬픔과 참혹 그 모든 절망은

노래가 되었습니다
평화가 되었습니다

칠순이 지나도록
바닷물로 씻어내고 헹궈낸 그의 얼굴은
이제 막 여덟 살 소년입니다

* 4·3 당시 학살된 제주도민은 3만여 명 이상으로 추정되고 있는데 그중 절반이 학
  살된 곳이다.

겨울 아침

새하얀 강보에 싸인
갓난아이 넷*

세상에 와서
미처 이름을 얻기도 전에

멀리 떠나는 겨울

형식도 절차도 없이
핏덩이들이 지워진다

죄로 물든 세상에 닿지 않은
저 깨끗한 발뒤꿈치들이

하나하나 사라진다
사뿐사뿐 내리는 눈송이처럼

올 들어 가장 큰 눈이 내린다는

일기예보처럼

밤이 오자
더러운 세상을 덮는 함박눈이
하염없이 쏟아진다

* 2017년 12월 16일 서울 이대목동병원 신생아 중환자실에서는 인큐베이터 치료를
받던 신생아 내 명이 차례로 숨지는 사건이 발생했다.

허공에 매달린 사내

팔달산 서장대가 보이는 창문에
밧줄 하나 좌우로 길게 움직인다

위아래로도 짧게 움직인다

오늘은 풍랑주의보가 내린 날
난 창문 곁을 떠날 수 없다

사내와 눈이라도 마주치면 곤란할 텐데
구겨진 신발과 접힌 바짓단이
쓰윽 내려왔고 난 눈을 꾸욱 감는다

우리 사이엔 다행히
견고한 유리가 있다 깨지지 않는다

나는 다만 그의 바짓가랑이 사이로 들락거리는
구름을 관찰한다

그는 지금 고독하다

난 까치발을 하고 오른손을 길게 뻗어
유리에 손바닥을 대보지만

유리창 안에 갇힌 나는
그에게 닿을 수 없다

유리가 있어
그와 나를 갈라놓는다

아무것도 할 수 없다
바람이 잠들기만을 기다린다
구름이 흩어질 때까지 참는다

허공에 매달린 밧줄이
좌우로 길게 위아래로도 짧게 출렁인다

나는 지금 무섭다

밧줄이 끊어질까 봐
그와 나의 세계가 부서질까 봐
한사코 전전긍긍한다

그의 바짓가랑이 사이로 구름만이 들락거린다

나는 다 봤습니다

저기 망루에
사, 사람이 있다구요
아이 아빠가 있어요

그는 살기 위해 올라갔습니다

그는 불타는 중인가 봐요
바람까지 가세하는군요

나는 저 불 속으로
뛰어들지 못했습니다

악을 쓰다 그것도 바로
그만두었습니다

촘촘한 어둠 속
저 높은 곳으로부터

흰 무 같은 게
줄줄이 떨어집니다

팔뚝이
뚝
종아리 한 짝도
뚝

머리카락이 타들어가는지
노린내가 사방에 진동하는군요

사과 껍질이 벗겨지듯
피부가
삼겹살처럼 목살이 얇게 저며져

투둑
투두둑

누구라도 좀 도와주세요
아무도 없다구요? 하느님?
네? 네

나는 전부, 다, 봤습니다

저 망루에 올라간
경찰특공대가 무슨 짓을 하는지를

더 더 높은 곳에서 내려다봤습니다

2009년 1월 20일 참사의 밤*에
용산 4구역 남일당 건물을

* 경찰은 용산 철거민들이 망루 농성을 시작한 지 25시간 만에 강제진압 작전을 실
  시했다. 유독가스와 화염으로 뒤엉킨 생지옥 속에서 농성자 5명과 경찰 1명이 숨
  졌고, 살아남은 이들은 범법자가 되었다. 용산 참사 10주기인 2019년 1월 20일,
  남일당 터에는 34층짜리 빌딩이 지어지고 있다.

솔롱고스

첫서리 맞은 아주까리 같은
얼굴을 하고

해바라기 씨앗처럼 촘촘히
고용센터 강당에 박혀 있다

짤린 것도 열받는데
니들까지 날 무시해

걸음을 멈추고
멍하니 바라보는 이주노농자

뭘 봐, 이 새끼야
니네 나라로 꺼져!

아민의 고개는 한풀 더 꺾인다
벗겨진 구두코만 바라본다

몽골어로 솔롱고는 무지개
몽골 사람들은 한국을 솔롱고스라 부른다던데

무지개의 나라는 어디에 있는 걸까

블랙 슈트

1

아무도 죽지 않았다,
카드 할부금을 다 갚도록

문상 갈 때 입으려고 마음먹고 장만한
블랙 슈트 한 벌

아버지의 죽음이 유력했지만
저승 문턱에서 번번이 실망시켰다

작가회의에서 잊을 만하면 부고가 왔지만
(그것도 문자메시지로)
아는 사람은 하나도 없었다

2

블랙 슈트는 장롱 안에서 숨이 막힌다.
어둠 속에서 쉴 새 없이 뒤척인다.

나가고 싶어.
답답해 죽겠어.
빛이 그리워.

전대미문의 4월 16일.
오랜 기다림은 헛되지 않았어.

3

검은 마녀가 손짓해요.
이리 와.

이리 와.

검은 마녀가 나를 껴안고 속삭여줘요.
움직이지 마!
가만히 있어!
나만 믿어!

나는 검은 마녀의 품에서 잠들어요,
달콤한 거짓말에 속은 줄도 모른 채.

4

이것은 영화가 아닙니다

영화에서 본 것과 똑같은 장면을
잊을 수 없었던 그 장면을
진도 팽목항에서 목도하고 있습니다

떠올랐다 가라앉습니다
다시 떠오릅니다
다시 가라앉습니다
영원히 반복될 뿐입니다

떠다니는 저것은
무엇입니까

소년입니까
소녀입니까
심장입니까
허깨비입니까

제
4
부

반려^{伴侶}

라오스 방비엥 블루 라군으로 가는

비포장도로 한복판을

흰 어미소와 점박이 송아지

그리고 까만 염소,

껑충하고 비쩍 마른 닭 일가가

느릿느릿 건넌다

사람들은 운전을 멈추고

경적을 울리지도 않고

무작정 기다린다

선인장

메마른 땅에
뿌리내린 사내

온몸에 두른 가시로
불타는 마음을 숨긴 채

죽은 듯 살아가는구나

언젠가 꼭 한번은 만날
꽃을 기다리며

뙤약볕 아래
입 다물고

끝내 버티는 사내

곰보 삼촌

가을장마가 장쾌하게 지나간 아침
느닷없이 떠오른 그 남자
한 이십 년쯤 지났을까

조무래기들은 곰보 삼촌이라 불렀고
사이가 벌어진 어른들은
곰보딱지라며 업신여겼다

천연두 자국인지 박박 얽은 얼굴

작달막한 키에 날품을 팔아 먹고사는
배운 것도 없는 지지리도 못난 사내

애 못 낳는 어머니뻘 과부와 정분났다는 소문
파다해지자 돌연사한 그 남자
까마득한 기억을 장맛비가 몰고 온 걸까

요즘은 어디서도 보기 힘든 곰보

이름이 뭐더라 생각해봐도 가물거리는
우리 막내 삼촌

세상 손가락질에도 눈 하나 깜짝하지 않고
바보 같은 사랑을 하며 사는 것처럼 살았던
명이 인중처럼 짧았던 그 남자

서둔동인지 탑동인지

한눈팔다가 길을 잃고
아득한 골목을 헤맬 때

흐린 알전구 밑에서
무청을 엮는 노부부

아내는 말을 잃은 지 오래

으어어어 웅얼거림만으로도
벙그레 입꼬리가 올라가기만 해도
슬쩍 턱만 들어도

이심전심

할아버지의 열 손톱엔 빨강 매니큐어
—이쁜 걸 어떡햐? 발라야지

노부부가 이쁜 걸 어떡하나

갈 길도 잊은 채 쪼그려 앉은
어리한 시인은

오늘 밤 노부부 곁에서
까무룩 잠이 들어도 좋겠네

흐린 알전구에도
무청이 시퍼렇다

나와 조랑말과 마부는

지금부터 한 운명이다

세계에서 가장 작은 이중화산
따알 호수를 보겠다고
셋은 산비탈을 오른다

비쩍 마른 조랑말과
늙수그레한 마부와
얼뜨기 시인까지 합세했으니
참으로 볼 만하다

낙마해 다리를 또 다치는 건 아닐까
고삐를 쥔 손엔 땀이 차오르고
말도 통하지 않는 원주민 마부에게 울상을 짓자

초콜릿 있냐며 한국어를 유창하게 구사한다
누런 이를 드러내면서 씩 웃는다
줄 게 없는 나도 어색하게 웃는다

조랑말은 야윈 엉덩이를 씰룩인다

땡볕 아래 흙먼지를 뒤집어쓴 채
셋은 입을 꾹 다물고
터벅터벅 산비탈을 오른다

마호바 역에서

지금은 새벽 1시 10분
마호바 역에 쭈그리고 앉아
바라나시행 야간열차를 기다린다

플랫폼에 누워 잠든 인파들
기차가 들어와도 일어나지 않는다
그제야 기차를 타러 역에 온 게 아니란 걸 안다

태평하게 잠든 사람들 사이로
검은 소가 느릿느릿 걷는다
역 앞의 목책을 어떻게 뚫고 들어왔나

하루 벌어 하루 먹고사는 삶
그만큼이면 족한 것일까

한 끼니를 구걸해서
한 끼니 허기를 채우는 것
그걸로 족한 삶을 본다

벌거벗은 걸인과 원숭이와 쥐 옆에서
한 시간째 오지 않는
바라나시행 야간열차를 기다린다

누런 개 발치의 붉은 꽃잎
잠에서 먼저 깬 아이들은
저희들끼리 까불고 노는 마호바 역 플랫폼

사라진 연못

눈앞에서 점점
연못이 사라지고 있다

쇠오리들은 무사히 떠난 걸까

처음엔 막연하게 다갈색 새라 불렀지
안양천 왜가리와 친한 황 모 시인이
흰뺨검둥오리일지 모른다고 귀띔해줬다
하지만 쇠오리는 더 작은 새

오늘은 쇠오리가 한 마리도 오지 않았어
오늘은 쇠오리가 일곱 마리나 왔네
내 안부를 대신했던 날들

그러자 황 모 시인이 쇠오리와 잘해보라고 했다
나는 정말이지 쇠오리와 잘해보고 싶었다,
오래도록

몇 분 만에 연못이 메워졌다
이제 어디에도 흔적조차 없다

어김없이 오늘도 난 아파트 신축 공사장을 서성인다
눈을 휘둥그레 뜨고 자꾸 두리번거린다
저물어가는 저녁 하늘을 헤맨다

귀

빈센트, 당신은 어쩌자고
면도칼로 스스로 자른
펄떡거리는 귀를
깨끗하고 새하얀 종이에 싸 들고
어디로 달려가는가
창녀 라셀한테 가는가
고갱의 저주로 더러워진 귀를
씻어내야 하는가, 당신은 어쩌자고
당신의 유일한 희망인 노란 집을 짓밟은 고갱은
당신을 지옥의 복판으로 밀어붙이는가
핏물이 밴 종이를 펼쳐
정말 그녀에게 살점을 주려는가
당신 귀는 당신 영혼과 다를 바 없는가
잘린 귀는 비명처럼 말하는가
라셀은 두 귀를 틀어막고 멀리 도망치는가
보물처럼 간직해달라던 당신의 주문은
고요한 겨울밤에 얼어붙는가
당신의 잘린 영혼 한 귀퉁이는

더러운 바닥에 내동댕이쳐지는가
빈센트, 당신은 어쩌자고

여름 숲

나뭇잎은 나뭇잎대로

풀은 풀대로

꽃은 꽃대로

우거져 어두운 집

초록이 짙어

숨이 턱턱 막히는 집

흰 뱀이 스르륵 출몰하는 집

서로 끌어안은 남녀가

엎치락뒤치락 뒹굴자

놀란 꿩이 후드득 날고

녹음은 행인의 눈을 찌른다

마음 언저리엔 초록 물이 든다

푸른 비밀이 생겨난다

밤이슬은 옷깃을 적신다

목걸이

가짜 금목걸이가 펼쳐진 좌판 앞에
쪼그리고 앉은 할아버지

누가 살까 싶은 목걸이를
들었다 놨다
이리 보고 저리 보고

황새처럼 긴 그녀의 목에
어떤 게 어울릴까

저울질하는 마음 앞에서는
한여름 땡볕도 맥이 빠진다

애인한테 핀잔이나 듣는 건 아니려나
난 공연한 걱정이나 하면서
배시시 웃으면 그만이다

고심 끝에 고른 금도금 목걸이가 번쩍 빛나자

할아버지 거시기도 벌떡 일어선다

로드무비[*]

—대식

돼지처럼 트럭에 실려
우린 어디론가 떠돈다

세상 끝
도주의 마지막 거처
소금 창고

피를 쏟으며 식어가는 내 육체
소금보다 빛나는 너

처음이면서 마지막 섹스
사내들끼리의

어둠 한가운데 소금 더미 위
열락悅樂의 꼭대기에서 꺼지는 사람아

싸늘해진 너를 방치해도
넌 썩지 않으리

소금꽃으로 찬란하게 피어나리
너를 두고 나는 다시 길 위로 돌아간다

개처럼 트럭에 실려
떠밀리고 떠밀리다
시궁창에나 버려지겠지

석원아
나, 너 사랑해도 되냐?

고백하던 네 목소리만 호두알처럼 남아
밤낮 만지작거린다

잘 가라, 내 사랑
죽이고 싶었던 씨발놈아!

* 김인식 감독의 영화. 2002년 작.

첫눈

전당포 외벽 철제 계단 위로 미끄러지며

커피 배달을 가는 여자 가죽 스커트 터진 치맛단 속을
돌아

백반집 앞 양파 다듬는 노부부 검버섯을 지우며

종합병원을 막 빠져나온 영혼에도 잠시 머물다

저녁내 부엌 쪽창에서 어른거리다

세족 릴레이

그가 등을 구부리고
두 손을 모아 내 두 발을
씻겨주었다

나는 그에게 아무것도 해주지 못했다

대신 그가 아닌
다른 그의 두 발을

무릎을 꿇고
두 손을 모아 씻겨주었다

아마 다른 그도
내가 아닌 다른 그녀에게

등을 구부리고
두 손을 모아 두 발을
씻겨줄 것이다

바위무화과나무

칼라하리사막 남서쪽 나마콸란드
100년 가뭄이 지속된다는 그곳에

지구에서 가장 풍부한 다육식물이
살아 있다는 경이

그중의 으뜸은 바위무화과나무

옛날 옛적에 바위틈에 떨어진
하나의 씨앗은
바위에 파고들기 위해
맹렬하게 뿌리를 뻗어나갔다

그 불굴의 의지로
바위를 깨트렸다는 오래된 이야기

한낮 태양에 데워진
바위 온도는 섭씨 43도

땅속 깊은 데서 물을 빨아들이기 위해
바위무화과나무는 사력을 다한다
100년 가뭄에도 살아남는다

그 푸른 나뭇잎은
아무것도 없는 사막에서 희망이 된다

몇 개월마다 맺는 무화과 열매는
벌과 새의 안식처
그러니 밤하늘의 별도 빛난다

최선을 다해 사랑함으로써 살아남은
바위무화과나무

'F'라는 고유한 시의 성좌

최진석 · 문학평론가

1. 일면재상별적법(一面再想別的法)

루쉰(魯迅)의 저 유명한 연설, 「집을 떠난 노라는 어떻게 되었는가」(1923)로부터 시작해보자. 헨리크 입센의 드라마『인형의 집』(1879)을 비평적으로 언급하며 작중 사건 '이후'의 이야기를 풀어내는 이 연설에서 루쉰은 여성해방이 성공하기 위한 조건은 무엇인지 직설적으로 묻고 답한다. 당대의 페미니즘운동에 깊은 공감을 드러내는 한편, 청중인 베이징여자고등사범학교의 학생들을 내면으로부터 촉발하며 노라의 사연을 끄집어낸 그는, 그러나 주인공의 주체적 각성이나 해방의 고귀한 이념에 자신의 주제를 한정 짓지 않는다. 외려 단도직입적으로 그가 꺼내 들고 나서는 주제는 바로 돈이다. 실로 굶주림이란 인류의 가장 결정적인 '결함'이기에 가정으로부터 독립한 여성도 이를 피해갈 수는 없다는 것, 따라서 그 어떤 정치사회적인 권리를 내세우기 전에 먼저 굶주림을 면할 방도를 찾아야 비로소 여성의 자기해방도 가능하리라는 것. 자본주의사회에서 돈은 그같은 결함에 저항할 수 있는 최소한의 토대에 해당된다. 노라의 독립자존을 지키는 가장 확고부동한 근거는 홀로 먹고살 방법을 확보하는 것, 즉 경제적 힘을 갖추는 데 있다는 뜻이다.

김선향의 첫 시집 『여자의 정면』(실천문학사)은 이러한 현실을 시적 자아의 '정면'에서 바라보는 것으로 시작된다. 자신을 인형의 처지에 가두어놓았던 서울이라는 새장을 벗어나 저 먼 곳 베이징에 도달한 그녀는 "고질인 변비가 하루아침에 사라졌"다는 놀라움을 만끽하지만, 해방의 환희와 여유를 누리기에 앞서 당장의 주린 배를 다스리기 위해 골몰해야 하는 곤혹에 빠진다. 가족을 떠난 여성이 경제적 자립을 이루지 못했을 때, 남는 선택지는 매춘을 하거나 다시 집으로 돌아가는 것일 뿐이라는 루쉰의 지적이 생각나게 만드는 대목이다.

> 이제 나는 무엇을 할 수 있을까
> 전업주부 10년 만에
> 창녀가 되거나 거지가 되지 않고서는
> 단돈 10위안도 벌 수 없는 신세가 되었네
> ―「베이징 일기」 부분

　다시 새장 속의 새로 돌아가지 않기 위한, 타인의 만족을 위해 스스로를 포기하는 인형이 되지 않기 위한, 자신의 몸뚱이와 정신을 온전히 살리기 위한 투쟁의 흔적이 김선향의 첫 시집 곳곳에 새겨져 있다. 때로는 이주 노동자의 시선에 담긴 채, 때로는 '위안부' 여성의 목소리에 잠겨 든 채, 때로는 폭력과 냉대에 굴종해야 하는 모든 억압받는 자에게 빙의된 채 한결같이 갈구하는 삶, 그것은 '돈'으로 표상되는 잔혹한 현실에 맞부딪혔던 노라의 방황과 절규에 비견될 만하다.

> 목숨처럼 너를 사로잡는 것들
> 너한테 그건 돈이지
>
> ―「너를 사로잡는 것들」 부분

여성의 지위와 권리, 아니 인간으로서 마땅히 누려야 할 삶의 자기주장이 절실하지 않을 리 없다. 하지만 루쉰의 말처럼 '돈'이라는 품위 없고 얼굴 찌푸릴 만한 단어가 좌지우지하는 현실을 있는 그대로 묘사하는 게 달갑지 않아도, 바로 이 비루함이야말로 우리가 마주한 직접적 현실의 정면인 것이다. 그렇다면 그저 돈이 지배하는 '먹고사니즘'을 직시하는 것만이 솔직하고 우리의 유일한 욕망이어야 할까? 경제적 독립이 우선이라는 루쉰의 당연한 주장이 품고 있는 또 다른 유보 사항을 되새겨보아야 한다. "비교적 절박한 경제권을 요구하는 한편, 다른 방법을 생각할 수 있어야 한다(一面再想別的法)"는 말이 그러하다. 여기서 '다른 방법'이란 경제적으로 스스로를 구제할 수 있는 방안일 수 있으나, 스스로를 돌보는 방법으로서 또 다른 삶의 지향이라 불러도 과히 틀리지는 않으리라. 인간에게는 6펜스만큼이나 달이 필요하며, 빵과 더불어 장미를 희원할 충분한 이유가 있다. 『여자의 정면』에는 생활의 급박함과 아울러 인형이 되기를 거부하고 새장 바깥을 향하도록 만든, 달과 장미의 희미한 각인이 새겨져 있으니, 시를 향한 욕망이 바로 그것이다.

> 나는 늘 저 길 위에 있었으니
> 아무 곳으로 가지도 못한 채
> 다이어트와 응급실과 시 사이에서
> 발을 동동 구르고 있었으니
>
> ―「동부간선도로」 부분

위장의 성난 요구가 제아무리 갈급해도 먹고사는 것 이상의 욕망을 부정한다면, 그 또한 삶에 대한 성급한 추상이 아닐 수 없다. 이제 다시 묻건대, 집을 떠난 노라는 어떻게 되었는가? 노동하며 일상을 메꾸어가는 이면에서 그녀는 무엇으로 자신의 영혼을 채우고 있는가? 김선향의 두 번째 시집 『F등급 영화』는 이에 대한 질문과 답변을 품고 있으리라 기대할 만하다. 첫 시집의 말미에서 우리는 이런 시구를 읽은 바 있기에.

다시 시를 써야만 한다

—「내게 남겨진 것들」 부분

2. 쾌락이라는 사건

설익은 속단은 피하고 싶다. 세끼 밥의 시름을 한편에 물려
둔다고 해서 곧장 예술혼으로 초월해버린다면 그 또한 삶
의 진실은 아닐 터. 진정 우리가 먹고 자고 숨 쉬는 존재로
서 육체적 실존에 의지한다면, 자신에 대한 감각과 관조야
말로 가장 먼저 이루어져야 할 현실의 경험이 아닐 수 없
다. 이를 '관찰하는 감성'이라 불러도 좋다면, 이제 세계를
주유하며 그 면면의 실체와 면목을 살펴보고 채록하며, 그
와 맞닿는 감각의 흐름을 세심히 돌아보아야 한다. 가령
일상을 영위하며 "계속 계속" 피어나는 웃음이 자연스러운
감정의 발로가 아니라 "감정 노동자"로서 자동화된 반응
이었음을 깨닫는 것(「스마일 마스크 증후군」), 손님 머리를 다
듬으며 자기 손 매무새를 "갈퀴 같다"고 조소할 때 문득 거
기 걸린 "어린 딸 셋과 그녀의 전부"를 절감하는 것(「싱글
맘」), 세파에 찌들어 기차 지나가는 소리만 들려도 "벌떡 일
어나/ 알아들을 수 없는 소릴 질러대며/ 우는 여자"가 바
로 자신임에 새삼 놀라버리는 것(「굴다리 여자」), 이 모두는

관념의 추상을 넘어서 이 세계와 부딪고 부딪히는 와중에 벼려지는 감각의 경험들이다.

이 경험들을 한가지로 '고통'이라는 관념 속에 가두어 정박시킨다면, 다만 인생고(人生苦) 외에 더는 덧붙일 말이 없을 것이다. 사는 것이 죽느니만 못한 괴로움이고, 밥걱정에 또 밥걱정을 잇기만 한다면 "다시 시를 써야만 한다"는 필연적인 곡절도 찾지 못한다. 그러나 노동 그 자체가 저주일 리 없으며, 그저 죽지 않기 위해서만 사는 것도 아니라면, 세계의 주유와 관찰, 경험을 통과하는 와중에 즐거움이 없을 리도 만무하다. 바로 이 쾌락의 발견, 온몸으로 부딪고 느끼며 겪어가는 체험 속에 시적 자아는 자신의 몸과 그 감각, 곧 신체의 즐거움을 사랑하는 법마저 깨닫게 된다. 이를 곧장 데카르트적 자아의 세계 경험과 동일시할 필요는 없다. 오히려 이 같은 경험은 가부장적 질서 속에서는 금지되고 거부되어왔던 것, 이제야 갓 열리기 시작한 여성적 섹슈얼리티의 발현이라는 점에서 지극히 구체적이고 실존적인 과정으로 보아야 옳다. 예컨대 〈님포매니악 볼륨 I 〉(감독 라스 폰 트리에, 2014)의 주인공 조에 겹쳐진 시적 자아는 "성기에 대한 센세이션"에 환호작약하며 "난 나의 색정증(色情症)마저 사랑해요"라고 선언하지 않는가? 당연하게도, 이러한 감각의 표명은 돈을 벌기 위해 웃음을 팔고 신체를 가학하며 얻었던 밥벌이의 고통에는 역행하는 낯선 경험이다.

달리 말해, 세상의 이치와는 '다른 삶'의 방법으로서 쾌락이 표명되고 있다는 것. 누군가를 설득하거나, 그들로부터 인정받기 위해 애쓸 필요는 없다. "나/ 의// 모/ 든// 구// 멍/ 을// 채/ 워// 줘"라는 도발적인 요구는 "어차피 누구에게도 이해받지 못할 테니까"(『조(JOE)』). 이 시의 부제가 'F등급 영화 2'라는 점을 확인해두도록 하자.

쾌락은 더 이상 숨겨야 하거나 은밀한 남성적 환상의 대상으로 환원되지 않는다. 남자에게는 쉽게 허락되었던 것이 여자에게는 왜 수치와 비난의 대상이 되는가? '왜?'라는 질문 속에 그 비대칭적 관계는 전복되고, 자유로운 라이딩의 도전장으로 던져진다. 유서 깊은 체제나 규범을 거역하는 섬뜩한 반역의 몸짓을 상상할 필요도 없다. 한 세기를 거슬러 자전거가 처음으로 여성의 발이 되었던 그 순간을 회고해보는 것으로도 충분하다.

> 1880년대 초반
> 런던의 부랑자들조차 경찰들마저
> 자전거를 타는 여자를 조롱했다
>
> 집에나 처박혀 있어, 이 나쁜 년들
> 네 남편에게나 돌아가
> 블루머를 입으면 남녀구별을 할 수가 없잖아

남성적 권위에 도전하는 옷이야
질서를 어지럽히는 폭주족 년들

흥, 누구도 우릴 가둘 수는 없어!
누구도 우릴 멈출 수는 없어!
욕설과 돌팔매질과 폭행을 당하더라도

우린 자전거를 타고 어디든 갈 수 있어!

(…)

자전거야말로 여성해방의 도구입니다

페달을 밟자, 쌩쌩
페달을 밟자, 더 멀리, 더 빨리
모험을 감행하자, 자유를 얻을 때까지
바람을 일으키며 질주하자, 세상 끝까지

—「자전거를 타는 여자」 부분

가정을 박차고 나온 노라는 거리를 헤매며 나날의 끼니
를 걱정해야 했다. 그렇지 않다면 당장 죽음을 대면해야
할 테니. 하지만 지금은 페달을 밟고 "더 멀리, 더 빨리" 질

주하며 세상을 활보하고 있다. 끼니를 위한 노역과 자전거 타기가, 설령 후자가 전자의 연장선에 있더라도, 같은 기분에 있을 리 없다. 그녀의 경험 속에 구태여 쾌락을 삽입하고, 발견하며, 표현해야 하는 이유도 그와 다르지 않다. 신체와 감각을 관류하는 경험의 순간이 즐거움의 장 속으로 삼투되고, 심지어 모종의 욕망마저도 일으키고 있다는 사실에 주의하자. 해방이란 이처럼 단순하고도 명쾌한 체험에 붙어야 할 이름이 아닐까? 물론, 아직은 경솔하게 과장할 때가 아니다. 세상은 아직 바뀌지 않았다. 그녀의 쾌락 역시 그 자체로 받아들여지기보단 조롱과 욕설의 대상에 떨어지기 쉽고, 폄하와 의심의 눈길 아래 결박되기 십상이다.

> 모피를 입은 여자는
> 천박하다는 음란하다는
> 구설에 시달린다
>
> 여자는 모피를 벗어 던지고 알몸이 된다
> 그래봐야 낙인을 지울 수는 없다
> 요지부동의 시선은 변함없다 영원하다
>
> ―「모피를 입은 남자」 부분

핵심은 세상이 전혀 변화하지 않았다거나, 가부장적 질서가 온존하다는 데 있지 않다. 오히려 살길을 찾기 위해 혹독한 노동에 강제되었던 노라와 그녀의 후예들이 온전한 감각적 쾌락의 거소를 기어코 찾아냈다는 점, 바꿔 말해 쾌락과 자신이 만나는 사건을 경험했다는 사실에 있다. 그리고 부르기 시작한다. 스스로를 '나'라고 지칭하며 긍정하고 인정하는 순간이 비로소 가시화된다.

3. 여성이자 개인으로서의 나

이 시집에서 유달리 눈이 가는 장면들은 1인칭대명사로서 시적 자아가 자신을 호명하는 대목들이다. 첫 시집에서는 긴장을 늦추지 않으면서 조심스럽게, 그저 드물게만 모습을 드러내던 대명사 '나'는 이제 문장의 사이사이마다 대범하고도 강렬하게 자신을 나타낸다. 아니, 주장한다. '우리' 속에 파묻혀 있던, 혹은 '너'라는 지칭을 통해 간접적으로 맞세워져 있던 '나'는 발화의 주어이자 경험의 주체로서 시적 태도를 주관하고 있는 것이다. '나'의 표명이라는 화두는 전술한 쾌락의 발견과 궤를 같이하는데, 세상의 통념에 정면으로 맞부딪치며 수행된다는 점이 흥미롭다.

태교에 좋다는 릴케를 읽습니다
주어 때가 왔습니다
여름은 참으로 위대했습니다

가을이 오자마자 처녀들은
문턱이 닳도록 산부인과에 드나든다지요

바캉스 베이비

나라고 뭐가 다르겠어요
정자 제공자는 곁에 없습니다

아아 해변의 한여름 밤 격정을
싸그리 지우겠습니다.

—「바캉스 베이비」 부분

여름 휴가철, 해변에서 만난 남녀가 사랑에 대한 숙고 없이 쾌락만을 좇은 불행한 결과를 가리키는 은어인 '바캉스 베이비'를 두고 시작하는 이 시는, 일견 지각없는 성관계와 임신을 풍자하는 듯 읽힌다. 만약 그렇다면, 이 시는 성에 관해 엄격한 잣대를 내세우며 '문란한' 세태를 질타하는 도덕주의적 관점에 서 있다고 말할 수 있을 것이다. 그런데

"임신중단약 미프진"을 먹고도 태아가 지워지지 않아 결국 낙태 수술로 이야기가 귀결되는 장면에서, 우리는 문득 시적 자아의 태도가 통상의 도덕률과는 전혀 반대의 지반 위에 올라가 있음을 깨닫는다. 생명에 대한 존중을 빌미로 남성중심적으로 정향되어 있는 사회적 통념을 거부하고, 낙태를 스스로 결정하여 받아들이는 당당한 '나'의 태도를 보여주기 때문이다. 원치 않는 생명을 밀어내는 주체는 바로 '나'라는 주어다.

> 난 참으로 위대했던 여름을
> 잘게 자르고 부숩니다, 비스킷처럼
>
> 가루약처럼 빻아
> 입에 훌훌 털어 넣고 꿀꺽합니다
>
> 우린 가을장마에 쓸려 어디론가 둥둥
> 멀리멀리 둥둥 떠내려갈 것입니다
>
> ─「바캉스 베이비」 부분

세태에 대한 조소 어린 풍자시 정도를 기대하며 읽던 독자는 점차 당혹스러운 감정에 젖어 들고, 시적 자아의 단호한 표정을 응시하도록 강제된다. 여성의 수치이자 허물,

심지어 죄악으로까지 지칭되며 (무)의식에 깊이 뿌리를 내린 낙태라는 사건은, 거꾸로 여성이 자신의 현실과 직면하고 스스로를 일으켜 세우는 주체적 결단의 통로로 뒤바뀌어 있다. 물론, 태아를 지우고 자기 신체를 훼손하는 과정이 결코 유쾌하고 손쉽게 해치워버릴 결정은 아닐 게다. 하지만 "곁에 없"는 "정자 제공자"의 무책임에 반비례하여, 낙태를 자신의 의지와 결단, 통제 아래 두고자 하는 '나'의 선택으로 받아들였음을 확인해야 한다.

다른 한편, '나'라는 주어가 문법적인 표기를 넘어서 있음에 유의하자. 그것은 구체적인 성별 및 육체적인 하중을 경유해, '지금 여기' 함께 자리한 타자와의 관계성을 통해 정립되는 '공-동적(共-動的)' 주체성을 표지하는 문자다. 김선향의 두 번째 시집은, 첫 번째와 마찬가지로 이주 노동자와 국제결혼 여성, 일본군 '위안부', 난민과 철거민, 하층 노동자 등을 두루 아우르고 있다. 그런데 전작에서 이들은 주로 궁핍과 소외, 폭력 앞에 무차별하게 노출된 수동적 타자들로 형상화되었다. 서로는 서로에게 분리되어 있고, 대개 동정과 연민을 매개로 희미하게 연결될 따름이었다. 하지만 지금은 '나'가 호명되는 자리마다 이 배제된 자들이 함께 거명되고, 역으로 그들을 통해서만 '나'라는 주체는 비로소 사유와 행위의 책임적 계기를 갖추게 된다. 요컨대 '나'는 '너'와 '그들' 없이 홀로 존립하는 데카르트적 단독자가 아니다. 여성이자 개인, 그리고 '나'의 구체성 위에 세워진 이 시적 형상은 이웃한 타자와의 관계를 통해 스스로를 표명하는 '공—동'의 주체성에 근거해 있기 때문이다.

> 우리는 도주하는 여자들
> 야만과 폭력이 창궐하는 여길 떠나야만 해요
>
> (…)
>
> 나는 돌로 탯줄을 자르고
> 검은 부르카를 찢어 아기를 돌돌 감아요
> 아버지가 누군지도 모르는
> 우리 세 여자의 아기
>
> ―「국경을 넘는 여자들」 부분

서로가 서로를 위해 증언해주는 것, 함께 주체가 되어 서로를 지탱해주는 것, 그리하여 "잔물결"이 "풍랑"으로 광대해지고 강력해지도록 이끌어내는 것. 아마도 '공—동적' 주체성의 시적 형상이란 그런 것이 아닐까?

> 내 육체는 너희들 마음대로 함부로 들락거렸으나
> 내 정신은 내 기억은 오로지 내 것!

누구도 훼손할 수는 없다

그동안 너희는 안심하고 방심했을 것
그러나 나는 내 몸에 새겨진 흔적들
또렷이 기억하고 증언한다
누구도 막을 수는 없다

나를 이어 여자들의 증언이 시작될 것이다
잔물결은 이내 풍랑이 될 것이다

—「증언의 시작」 부분

노라의 여정은 자신이 아내나 엄마가 아닌 여성이라는
것을 깨닫는 것으로 시작되었으나, 또한 그것으로 마감될
수는 없다. '여성'인 동시에 '나'라는 개별성을 획득하고, 이
'나'의 시선과 목소리를 통해 세계와 마주하면서 또 다른
타자들과 관계 맺게 된다. 이렇게 여성이자 개인의 고유성
을 통해 발언하는 (젠더적 주체로서의) '나'는 성별이나 국적,
입장에 구속되지 않은 채 타자들과의 '공–동성'을 형성할
것이다. 그리하여 "엉거주춤한 자세로 목마를 부둥켜안은"
"자라지 않을 일곱 살 사시 소년"이 되기도 하고(「회전목
마」), "살아 있는 여신"으로 추앙받지만 "초경이 시작되면
곧장 버림받을" "여신과 창녀 사이의 쿠마리"의 곁에 서기

도 한다(「여신 쿠마리」). 아내이자 엄마의 자리에서만 스스로를 확인하던 노라는, 이제 여성이자 개인인 동시에 그 너머에서 '나 자신'을 발견함으로써, 비로소 '나-아닌-자'들과도 함께하는 주체가 되었다고 말할 수 있으리라.

4. 시, 물성 너머의 물성

앞서 루쉰이 언급한 '다른 방법', 곧 삶을 위한 또 다른 지향이 눈에 띄기 시작하는 지점이 여기다. 생계를 꾸리기 위한 나날의 투쟁이 벌어지는 와중에도, 시인은 "다시 시를 써야만 한다"고 적은 바 있다. 그것은 "돈 대신 장미를 찾아/ 이 골목을 벗어나고픈" 마음속 깊은 욕망이자(「벽 장미」), 치지 않은 지 오래이지만 결코 포기할 수 없는 "마지막 허영"으로서의 "피아노"(「그녀가 사는 법」)로 표상된다. 비록 루쉰이 '먹고사니즘' 앞에 해방이나 독립의 이상은 헛된 구호에 지나지 않는다고 짐짓 일깨워주었을지라도, 정녕 인간이 인간으로 살게끔 만드는 것은 바로 먹고사는 것 이상의 푸른 욕망 아니던가?

> 끼니를 거르더라도 내다 팔 수는 없지
> 손가락을 빨면 그뿐

피가 마르고 뼈가 녹아도

피아노는 안식

피아노는 구원

그녀를 피아노에 묶어

난바다로 떠밀어달라는 유언을 남기고

그녀는 곧 눈을 감겠지

—「그녀가 사는 법」 부분

    주린 배를 움켜쥐게 만드는 것이 생물학적 존재로서 인간의 숙명이라면, 굶주림 이상의 정신적 허기는 "안식"이자 "구원"으로서 존재의 절박한 소명일 것이다. 그러나 이런 소명의 언명을 종래의 낭만주의적 예술관에 등치시킬 수 없게 만드는 지점에 유의하자. 세계에 대한 자기만족 혹은 입에 발린 예술혼의 추구 따위와 달리, 그녀의 "피아노"는 무엇보다도 그것을 연주하는 주체의 젠더적 특이성을 응결시키는 매개물이다. 달리 말해, 시는 추상적이고 무성적인 미학적 담지물이 아니라 여성이자 개인으로서의 자신을 조형하는 특이적인 작업인 것이다.

    나에게

시는 F등급 영화

내 눈에 비친
이 보랏빛 세상!

—「더 컨덕터—F등급 영화 1」부분

　왜 "F등급"인가? 일반적으로 'F'라는 등급은 최하위권의 성적 또는 가장 말단의 등위를 나타낸다. 즉 '모범'과 '우등'의 척도로부터 가장 멀리 있는 단위로서, 비웃음과 멸시의 대상에 붙는 표지인 것. 그러나 조금만 돌려 생각한다면, 여성 주체의 관점과 감각, 그녀의 사유와 행동이 빚어내는 시편들의 울림은 남성적 자아와 그의 예술로부터 멀리 떨어져 있을 뿐만 아니라 가부장적 기준의 대척점에 있는 "알아들을 수 없는 소리"(「굴다리 여자」)에 가까울 수밖에 없다. 바로 이같이 여성적 특이성을 있는 그대로 담아내고 표출하는 장르에 붙는 표지가 F등급 아니겠는가? 다른 등위들과 비교할 수도 없고 그럴 필요조차 없이 스스로 '나'만의 가치를 담아낼 수 있는 시적 리듬의 지표가 'F'라는 것. 그러니 이를 전통적 가족상이나 가부장적 도덕주의 바깥을 향해 흥겹게 떠나가는 "트렁크의 노래"에 빗대어보는 것은 너무나 적합한 비유가 아닐 수 없다.

집 밖으로 나가
리듬을 타고 싶어

기차역이나 터미널
국제공항이라면 훨씬 좋겠지

(…)

눈을 감고 두 팔 벌리고 걷다가
도랑에 빠졌던 소녀처럼
얼마나 짜릿할까

기다리는 애인 생각일랑
에메랄드빛 호수에 풍덩 던져버리고

어디까지나 달려가서
언제까지나 리듬을 타네
드르륵드르륵 랄랄라

　　　　　　　　　　　　　—「트렁크의 노래」 부분

　　떠나는 것은 좋은 일이다. 여성이자 개인으로서의 '나'에
집중된 시적 자아는 애초에 스스로를 찾기 위해 떠났던 길

을 후회할 필요가 없을뿐더러, 나아가 그저 '나' 자신에 계속 머물러서도 곤란할 것이다. 통념과 달리 시를 쓴다는 것은 골방에 틀어 앉아 내면 깊숙이 웅크린 자기 자신과 괴롭게 씨름하며 기이한 단어들을 뱉어내는 작업이 아니다. 오히려 특정한 누군가로서 실존하는 자신을 긍정하고, 그 바탕 위에서 타인과 만나며 세계와 팽팽히 마주 서는 낯선 경험들을 기록하는 과정이 시일 것이다. 때문에 "집 밖으로" 나선 시의 영혼은 "변두리 공중목욕탕"의 "환기통으로 날아오르는/ 새하얀 나방"이 되기도 하고(「누에」), 긴 머리를 자른 채 "남성용 슈트를 입"고서 '이–성(異–性)'으로 "다시 태어난" 것을 축하하는 트랜스적 주체가 되기도 한다(「짧은 머리의 자화상」). 이 같은 변신의 여정을 비유와 추상으로 버무려진 '문학적' 상투어로 치부하지 말자. "창녀나 거지가 되지 않고는" 차마 버틸 수 없을 듯했던 이 세계의 곤혹과 참혹을 두루두루 거치면서, 그 모든 것들을 관조하고 감각하며 성찰하는 존재로 거듭나는 과정이 바로 그 시적 여정이었던 까닭이다. 이는 결코 미학적 구절들을 다듬기만 하는 여유로운 순간들이 아니다. 그것은 차라리 "쏘아대는 물대포에 맞서 난장으로 변한 그 광장에서" 복면을 쓰고 "춤을 추"거나(「복면을 만드는 밤」), "317일 혼수상태에 빠져 있던" 농민이 파종한 밀을 반죽해 "굶주린 자들의 입에" 넣어주는(「백남기 우리밀」) 어둠의 시대의 편력과 다름없다. 또

166

한 마치 "돌아오지 못한 여자를/ 모질게 살아 돌아온 여자가 기억"하듯(「후남 언니」), 2009년 용산에서 벌어진 이 세계의 모순과 파국을 지켜보던 증언의 행동이기도 할 것이다(「나는 다 봤습니다」). 매번 이렇게 새롭게 체험하고 낯설게 감각하는 이 '나'라는 존재를, 언어와 영혼 속에서 세계와 대결하는 동시에 그것을 담아내려는 이 실존을 무엇이라 불러야 좋을 것인가?

나는 불이거든요

우리는 재도 남기지 않고
끝까지 완벽하게 타올라

사라져요
이 세상에 없었던 것처럼

그러곤 매번 환생하지요

—「계수나무 남자」 부분

불은 형상이 없다. 푸르고 하얀 빛으로 둘러싸인 채 검게 타오르는 심지를 제외하면 단단한 물성(物性)으로 자신을 주장하지 않는다. 하지만 불은 형상을 갖는다. 푸르고 하얀 빛의 경계로 자신의 투명한 몸체를 구축한다. 그것은 이웃한 타자, 공기와 끊임없이 교섭하며 자기의 형태를 바꾸고 부는 바람에 리듬을 맞춰 일렁이는 춤을 춘다. 불꽃에 손을 데어본 사람이라면 감히 그것이 존재하지 않는다고 말할 수 없으리라. 그렇게 불은 비물성의 물성으로 스스로의 견고함을 조용히 드러내는 것이다. 매 순간마다 천변만화하며 모습을 바꾸어내는 불은 시의 운명과 닮지 않았는가? 주먹으로 움켜쥐면 흩어지고, 관념의 각질 속에 가두려 들면 곧 허공으로 빠져나가는 격동의 감각. 기실 이 때문에, 시인은 항상 "다시 시를 써야만" 할 뿐 쓰여진 시 속에 머무를 수 없는 것이다. 시가 "환생"할 때 시인도 같이 살며, 시가 돌아오지 못할 때 시인은 그 자리에 존재하지 않는다. 그렇다면 시는 어쩌면 삶의 '다른 방법'이 아니라 삶 자체의 유일한 방법, 삶이 스스로 존속하는 단 하나의 방법이라 불러야 할 것이다.

5. F등급 이후의 시

김선향이 직조하는 시적 풍경의 탁월함은 여성성의 풍요로운 모태 위에서 이 세계의 온갖 사건들을 세심하게 짚어내는 데 있다. 무엇보다도 이주민 여성들의 슬픈 내면을 포

착하고, '위안부' 할머니들이 겪은 수난의 시간들을 정직하게 직시하며, 남성 지배 사회에서 독립자존하기 위해 쟁투하는 여성들의 삶을 흔들림 없이 묘사하려는 의지는 그녀의 여성성이 모호한 전통적 관념과는 달리 우리 시대의 의제로서 페미니즘이라는 입지점에 단호히 서 있음을 시사한다. 당연하게도, 'F등급 영화'로 명명된 이러한 시적 태도는 여성과 여성 아닌 것을 즉자적으로 나누는 기준이 아니라 모든 말미의 것, 'F'로 표징되는 억압받고 떠밀려진 척도 바깥의 것들을 감싸 안으려는 의지로써 지속될 것이다. 다시 시를 쓰겠다는 시인의 의지는 원하던 응답을 받게 된 걸까? F등급 이후의 시는 계속 쓰여질 수 있을까?

처음의 질문으로 되돌아가 보자. 집을 떠난 노라는 어떻게 되었는가? 아내이자 엄마이길 거절하고, 허기를 채우기 위한 노동에 몸을 맡긴 채 이 세계를 떠돌던 그녀는 지금 어디에 있는가? 가정이라는 새장을 벗어나 자기만의 방을 찾아냈을까? 집을 떠난 여자는 돈과 씨름하지 않으면 안 된다는 루쉰의 경고가 무색하게, 우리는 이렇게 말해야 옳겠다. 노라는 이 세계 어딘가에 우리와 함께 살며, 자기만의 자리를 찾고 정착하려 할 테지만, 영원히 거기에 그대로 남아 있지는 않을 것이라고. 집을 떠나 다시 집을 갖는 것, 설령 그 집이 자기 소유물이라 해도 남성들로 둘러싸인 이 세계에서 그것이 '가장의 울타리'라는 낡은 사슬의 흔적을 담아내지 않기란 어려운 노릇이다. 노라와 그녀의 후예들에게 세계의 경험이란 곧 세계를 자신의 집으로 만드는 과정이었음을 기억해야 한다. 단언컨대, 집을 떠난 노라는 구태여 다시 집을 원하지 않게 되었노라고 말할 수 있으리라.

시를 쓰고자 하는 욕망도 그에 다르지 않을 터. F등급의 시를 C등급이나 B등급을 거쳐 A등급으로 올리고자 할때, 시인을 불현듯 덮치는 것은 타인을 지배하고자 하는 욕망, 남편이 되고 자식이 되어 타자를 예속시키려는 욕망과 다름없다. 문학의 주변으로, 예술의 변경으로 시를 끊임없이 구축하면서, 스스로 경계 밖으로 물러서려는 세계주유의 욕망이 시인의 '상－심(常－心)'이 되어야 하는 이유가 여기 있다. F등급의 시가 진정 가치 있는 것은 그것이 A등급과 '다른 삶의 방법'이기 때문이지 그에 못하기 때문은 아닐 것이다. 그렇다면 F등급 이후의 시는 어떤 모습일까? 말할 필요도 없이, 그것은 또한 F등급의 시일 것이다. 하지만 이전과는 동일한 등급으로 여겨지지도 않을 만큼 상이한 시적 리듬을 갖는, 그저 F등급이라 말할 수밖에 없는 다르고도 낯선 'F'의 행렬을 우리는 목도하게 되지 않을까? 'F'라는 고유한 시의 성좌들…. 김선향 시인에게서 이 또다른 'F'의 시편을 기다려보는 것은 자못 긴장되고도 즐거운 기대가 아닐 수 없다.

170

F등급 영화

초판 1쇄 발행 • 2020년 11월 30일

지은이 • 김선향

펴낸이 • 황규관
펴낸곳 • (주)삶창
출판등록 • 2010년 11월 30일 제2010-000168호
주소 • 04149 서울시 마포구 대흥로 84-6, 302호
전화 • 02-848-3097
팩스 • 02-848-3094

디자인 • 정하연
인쇄 • 스크린그래픽